草の譜

黒木三千代

歌集

砂子屋書房

＊目次

I

II

Ⅲ

Ⅳ

装本・倉本　修

歌集　草の譜

夏つばめひらりとみづを擦過して雷《らい》匂ひける　後《ゆり》も逢はなむ

I

形容詞

まなぶたを閉ぢて緋の合歓《ねむ》見るやうな形容詞「愛《かな》し」しとしとしたたる

鶏頭はもう錆色に枯れてしまふ土のおもてに月の射すとき

情緒過多嫌はれながらシク活用形容詞とはふるい絵日傘？

白芙蓉ともあれ芙蓉「白い」とは抽象をして束ねることば

うつくしいぬばたまは来てぶつちぎり走るイカンガーの肌に照りにき

満州国皇后婉容《ワンロン》皮膚蒼白　茘枝《ライチー》を剥くわたしはしづか

いちじくにんじん

伊勢新潟堺四国江州武蔵名古屋八幡九州東京

辞書を枕にいちじくにんじんさんせうの三分ばかり眠れ　そのひと

賀名生《あなふ》梅林白梅《はくばい》咲いて目も耳も兵糧攻めに会ふよとおもふ

桜桃のなかにしづかに沈みゐる黄ばみし父の骨を嚙むかな

土にふり石にふる雨みづにふり木にふるあめの悉皆浄土

みほとけの伏し目がちなる六月のつぶさに見えぬ萍《うきくさ》のはな

桃の実の青実は濡れて桃畑《はた》に桃寒《ももざむ》といふうつくしい刻

千手千眼《げん》観音一千一体がさやぐ戦地の向日葵畑

人間の呼気吹き入れて折り紙のま白な鶴は血のにじむかな

こども

昭18・7・13 朝、六度六分。これでは熱が出ると思つたが、九度で止まる。

小阪神社の夏祭。由紀をつれて出かける。お父ちやんは由紀のオモチヤを買ひました。

ところで数日前から由紀の歯がわづかばかり出てきた。（父の日記から引用。由紀は本名）

毀されて失せたる実家眼のやうな痰壺がありしうす暗がりも

階段の裏に大きな米櫃が据ゑありき肥つた曽祖母みたいな

二階から戸板に乗せて下ろさるるおとうさま　裏階段は傾斜がゆるら

このやうに雪飛ぶ空を父も見しかあふ向いたまま眼は横目して

祖父と父夜通し呑めば一升瓶並びしと夢見るやうに祖母が言ふなり

きのふからカイロを抱きづめにしてゐる。腹は抵抗があり痛みも伴つてゐる。
この腹はどうすればよくなるのだらうか。

さうでなく恍惚とするはわたしなり　父の胡坐《あぐら》のなかに嵌つて

竹川医師来診。「腹に大分肉がついてしつかりして来た。
今が一番えらい時で真夏になればかへつて楽にならう。
朝の熱は分からぬが気にする程のことはない」と。

生意気な若さはパナマ帽すこし斜めにのせて写りをりたる

バタトース旨いサラドも滅法うまい　死にたくなかりし父が死にゆきし

昭19・6・25　（朝）重湯一　馬鈴薯　きうり漬物　りんご汁
（昼）重湯一　卵と玉ねぎ　きうり漬物　りんご汁
（夜）重湯一　椎茸・高野煮附　玉ねぎ　はげ吸物

唇を当てればぬくい　梅原君とわたしだけツ反*二重発赤

＊ツベルクリン反応

ユキノシタのうぶ毛指の腹に撫でながらこどものわたしゆまりせしかな

ばじりこんてれめんていなあるへいと加須底羅　さう杉箱の香り

文鎮

桃の葉が指《および》のやうに垂るる午後　重たいおとうさまの文鎮
しんしんと睡魔のやうな大西瓜しろい夏の日の井戸に冷えゐき

避病院《ひ》といふところ人さらひといふ者のありけり悪いこどものわたしに

逆縁に遭ひし祖父母はしらつぷをかけたわたしを舐め啜るがに

割箸を足腰つよく押し戻す壜の中みつしり水飴の力

こどもらはくつくつ笑ふ「べろべろ」を食べたら舌が三枚「お〜ばけ」

*

おとうさま百たび声のかなしみを溜めた桔梗《きちかう》がぱちんと裂ける

宗教

わたしだつて電極帽子かぶりたい助けてほしい野ぼろ菊かも

虹梁《こうりやう》といふはかなげなうつばりをくらい宗教の見る夢として

地下鉄のサリンとはゲリラ戦であるしこしこ削る傘の尖端

傘きせてもらひて歩む肥り肉《じし》サンダルの人泥に沈みつ

見る夢の、いちにんが見て万人をまき込んでゆく熱いたゝたゝらへ

紙箱のたぐひ積み溜め老い呆けてゆきし曽祖母よ雲中《うんちゅう》菩薩

をみなごが息吹き入れて放ちやる鶴だつて空中浮遊するかな

さういへば草婚譚にどこか似てさみしい宗教に邂ひし少女ら

ふつふつと押し返すちからくらいくらい地《つち》の底からをんな教祖ら

南瓜やナスを見たかえ。大きい実がなっているが、あれは、花が咲くで実が出来るのやで。

……そこで、よう思案してみいや。女は不浄やと、世上で言うけれども、何も、不浄なことありゃせんで。

……女というものは、子を宿さにゃならん、一つの骨折りがあるで。女の月のものはな、花やで。

（中山みき）

軍服というヴァージョンがあったかも知れぬ宗教の草いきれする

桃の葉

池むかう風出てゐたり竹むらがどくどく脈打ちうねりはじめる

樹の影をうつして池は昏れはじむ墨溜りのくらさまでもう少し

月光はずうつとむかしから不吉　桃の細葉に刃が添ひてきぬ

雨の夜はアラビア馬がひしめいて桃の木の下がけだものくさい

草亀がとりついて落ちまた攀《よ》ぢるバケツの底のけふのわたくし

蜜一升もらふのに似てあなたが　電話のむかう笑ひごゑあぐ

袋縫ひのふくろの底に縫ひこめたさびしさが雨夜《あまよ》折り折りひかる

飛ぶ鳥が地上に落す影ですねこの世で終る恋はたとへば

夏　花

焼け溶けて冷え固まれるガラス屑さるすべりの花に炎の香がある

抑留を解かれて還るともだちの父羨しくて見にゆきし日よ

足の爪乾いて割れる壮年を知らざりし知りえざりしわが父

脳病みて祖父ありし夏お茶碗を砕いたやうな白さるすべり

おほちちの死の八月もさるすべり咲いてちりちりと皺むわれある

死ぬ人の耳に注ぎて呼び返す声、還れよと声は喚《よ》ぶもの

おほははとわたしの間《あひ》に綾取りの川流れゐしいつの浅宵

かたはら

十薬の花結界にしてしやがむ祖父の手元を羽根が乱れ飛ぶ

暗くなる庭の窪みにくびられて飛びしにはとりの羽根が集まる

行水をして日のくれを出でゆけば放蕩のやうな祭り見物

あばら骨透ける裸を叱られて洗はれゐたり祖母の膝の上《へ》

ことばなど要らざりし幸福がそこにある薬湯《やくたう》を煮る祖母のかたはら

暴力

磐根《いはね》・木株《このもと》・草葉《くさのかきは》も言語《ものい》ふと眠りゐるがの池水が知る

両眼の飛びいだすまで踏むちから　暴をもて邪をひしぐ増長天《ほとけ》ら

オシフィエンチム淡雪のふる惨劇はきのふなりしやあしたであらうか

童顔の狛犬に角《つの》ひとつあるさびしさよ十四歳《じふし》で終る人生《よ》

熄みがたき何が殺せと押しのぼる十四なりしか、細い項《うなじ》を

アセチレンガス燃えてゐる鳩の首　もだもだつぷつぷと襤褸《ぼろ》が起き伏す

薬袋《やくたい》を柳葉包丁に裂き開けて祖母が押し殺しゐしもの知らず

＊

小鴨《こがも》由水《ゆみ》しんがり走る映像をとある日に見き　行け、と思ひき

ぎうちち

アメリカの女の名もて台風をよびゐし頃の林檎酸《す》かりき

ゴム跳びのゴム高くなり靴下を脱いだ十歳のわたし爪立つ

昼の月うすくはかなし　立ち暗みしてひはひはと少女なりにき

滋養ある牛乳《ぎうちち》いつぽん大切にわたくしだけに飲ませたる祖母

火にかけて温むるとき抜け溶けし牛乳壜の底ひ哀しも

なまぐさい牛乳は嫌《いや》　お流しに流して悪いこどもわたしは

家裏のヤブカラシのはなに来てゐたる虻の羽音よわが生《よ》濃きころ

ビンボフグサとよばれさびしいヒメヂヨヲンにりぼんを掛けに蝶が来てゐる

見下ろされ死ぬ無力感父にありしや　一歳のわれさへ仰臥の父見下ろしし

父は教師だった

白梅《はくばい》は貧《ひん》の匂ひす師範学校寄宿舎に降るはるのあはゆき

II

鬱

たつぷりとバケツに揺れゐし給食のミルクよりゆたか　白牡丹のはな

大鍋をぐらぐら煮たて雲製造所わたしの厨房《キチン》に鬱の日はこもる

生命力衰ふるらしスウェーターがずるずる解かれゆくがにねむい

ぼうたんの散るまさつ熱　静電気帯びるブラウスをはがすがに脱ぐ

＊

日本語の源として「あ」と漏るる声はありけむ逅ってしまへり

自転車を押して急坂をのぼるがに苦しかりしよ茅蜩《かなかな》も死ぬ

桃の葉を揺りて雨来る　たましひをわし摑みせしひとのこゑはや

カフェ・オ・レの湯気のむかうに笑ひゐしこゑは無量の力持てりき

夢のふかさ　断崖のやうな脳の闇　こひびとで父でわたしであるひと

酢の壜のむかうに滲む指なども眦《まなじり》ぬれて思ひ出づるよ

睡るのは逃避すること別々に生きて死ぬ日が別々に来る

同心円のさびしさか死は　水分《みくまり》の鯉の背中をみづが流れる

きのふけふわれを摑める鬱情のうゝとのみどを過ぎむとぞする

＊

酔ひといふはつまづくやうに来るらしい石蕗のはな闇ふかくする

束の間

さつきのはあなただつたかと掛けてくる窓をしづかな鳥が過ぎゆく

ことばに言へることは大したことならず「あ」と漏るるのみ　桃が咲いても

あなたなら夏風邪を押し書きつぐか蜜蜂のくる昼は束《つか》の間《ま》

ひつたりと角《かど》を合はせてハンカチをたためば文《ふみ》をやるとふこころ

しどけないとはお豆腐の崩れ様《やう》　横坐りしてアイロン使ふ

ふたりだと乾芋《ほしいも》も旨いねとかはゆい人　小説の中の宮本顕治

骨になりたい

しろがねのすぽーくの交叉おんがくのやうにうつくしい放置自転車

ゆふぐれは火が恋しくて少女らがうづくまり葉を回して喫《の》めり

紐の類いくつも見えてはかなかる下着ルックが脛《はぎ》細く立つ

すれつからし　あばずれ　みづてん　きらきらとをみなごだけが被《き》せられし笠

さふらんのむらさきにほふ年ごろの少女らは皆骨《みな》になりたい

無帽

汕頭《スワトウ》のけむりのやうなハンカチの役立たぬ夏百日《ももか》も半ば

夾竹桃咲かせて被服廠ありき　わが知らぬ日をわれは記憶す

自転車に乗つてステテコの祖父が来る提げたる鮒の雫垂らして

たたかひの熄《や》みて鋭く葦原に針打つやうな月光が差す

屏風絵の葦はかはせみを止まらせてついさつき撓《しな》ひやみたるところ

平和とは無帽でよいこと　やはらかな茶髪が肩になびくをのこご

不発弾ねむれる上を朝鳥《あさどり》と夕鳥と火を鑽《き》りつつ渡る

塔中

ひよどりが山桃の実を啣へたるこよなき瞬《とき》にわれは行き合ふ

東大寺塔中《たっちゅう》真言院の空ぶつかりさうに燕、燕ら

泥の玉わらわら胸の毛に飾り*ぶらんこぶらんこ雄鹿歩み来

＊泥で汚すのは強さの誇示

＊

吊革に手の届くころわたくしにうすらに捲きし脂《あぶら》かなしも

トレパンに経血にじむ恥などもひゆうひゆう生き難い十三だつた

糸切歯抜きたる人の、パエリアとババロアとさて分かぬ声来る

えぷろんをちよつとはづしたといふ風な文章を書きさびしい日暮れ

＊

見しものはすぐかき消ゆるよろこびはすぐ過ぐつばくろのすべる迅さに

水底《みなそこ》に沈んで泥になるまでの落葉の時間わたしにあるか

狩られる人に

アメリカが狩りをするのを見てゐたりアフガンの夜の月光きらら

むき出しのからだがそこに展べられてあるアフガンと思はざりしか

オノ、刀、シャベルを武器に退《ひ》かざりし魂のことアジアは分かる

20年まへ

言ふことの激越、表情の沈痛がイスラムのふかい潭《たん》を指しをり

米大統領はわかり易い、この人とちがつて

今日のナン食ひて棺《ひつぎ》のいらぬ死に赴《ゆ》く人みづからがナンとなる人

気化爆弾？　地中浸透爆弾？

トール・チャーイ、シン・チャーイいづれ　今日死なむあさの口髭を濡らし甘露

オサマ・ビンラディン氏の馬ちからあるアラブの馬も臓裂いて死ぬ

ブッシュ大統領は、善と悪の戦いというわかり易い構図を作り上げた。市民を無差別に殺戮するテロは悪に違いないから、誰もテロリストの側に加担できない。それならアメリカが空爆でアフガンの人々を犠牲にするのはどうなのか。誤爆があり、そうでなくても空爆のためにNGOが活動できないと100万人のアフガン難民が飢えると言われていた。アメリカは、空爆しながら食料を投下するという奇妙な方法をとったが有効だったのだろうか。この「戦争」はあまりにも非対称すぎて、アメリカの「正義」を受け入れ難い。旱魃と戦乱で疲弊したアフガニスタンを舞台に、貧弱な武器しか持たないタリバンを相手に、最新のハイテク兵器で戦う戦いなんて。

欲　望

飲食《おんじき》のあさの納豆アマゾンのマホガニーの樹を死に追ひやりつ

三十品目食はば三十の命死す　穀菽《こくしゆく》を食みゐるといへども

重機二台の間に鎖をはり渡して樹を倒してゆく

天地《あめつち》をさかしまに飛び倒るるを、火を放つ、樹に鳥に大地に

火をかけるすなはち何もないことになつてインディオの集落もなし

文明が文化を殺しゆくさまを神あらば神はいくたび見けむ

ボーキサイトも金《きん》も凶《まが》つ火　呵呵大笑をする欲望のまへに

ケ・マーダ*　太陽は小さく暗くうつしみの肺羽ばたきを止《や》む

ひと缶の酸素の価《あたひ》知らぬまま死ねるだらうか　蛇《スクリ》がわらふ

*密林燃焼

木の実草の実　食分《じきぶん》あれば足るべしといふ条《くだり》*すでに食分は尽く

*「正法眼蔵随聞記」一ノ三（食分とは人に備わった一生の食物量）

輪王蓮

台風のあとの濁りに白くして輪王蓮《りんわうばす》は池の真中に

交雑種輪王蓮は大きかも或る日忽然とそらに現はる

蓮の実と糞と落しし鳥のこと囁くやうに水皺が寄る

鯉溜《こひだま》りふかきところにまろび入りまどろみ長かりし蓮の実ひとつ

池底を凹めてつくる鯉溜り膚擦り合ひて鯉が冬越す*

*三尺程掘り下げる

かなかなが近くに鳴けり水の上もうすぐ墨の色が流れる

声

桃の花ぽつと明るし牛乳《ぎうちち》はよく嚙んでから飲むと習ひき

壮漢《をとこ》五十をんな四十《しじふ》は魔の時とほそほそと啼く鳥も過ぎにき

憮然たるひとらし何か怒《いか》るらしこゑが扁《ひら》たくなるのでわかる

声あげずしづかに泣くと或る日わが様《さま》に気づきし十一のころ

存在感うすくなる吾《あ》をぬばたまの夜の大鯉が来ては撫でゆく

日本語は一重瞼の朧おぼと「柞《ははそ》」はハハソまたはイスノキ

先細る日本語の語彙と思はずき　小説の中の北山時雨

デデポーポー雨あがりたる空間に浮き沈みして雉鳩の声

夏の日

もやもやと暑気来る日にて居睡れば　かなかなが澄み亡き父が死ぬ

陶枕《たうちん》に蒼く画かれてゐし唐子《からこ》祖父の午睡の夢に入りけむ

をみなる祖母の使ひし高枕《たかまくら》われはつかはず　蕎麦殻が鳴る

配達の氷を鋸《のこ》で引いてゐたおにいさんには刺青《しせい》ありにき

青氷むしろを懸けて運びくる記憶ににほふ藁の香がある

しやらしやらとえごの青実の鳴るやうなラムネの壜を飲み傾けつ

俗情に《ひとに》疎《うと》いところが好きなのよ　油揚げにはお湯をかけてね

動かない木が実をつけて鳥を呼ぶやうなしづかな愛が来てゐる

Ⅲ

こんな年のさくら

十四歳が爆弾を着るパレスチナにも春は来るらしアーモンドの花

装飾電灯《しゃんでりあ》まばゆきが下《もと》明治びとの海軍礼服のさくらの帽章

鉢などが頭《づ》を覆ひくるここちしてぼとりと重い八重の楊貴妃《やうきひ》桜

日が差せばうすいまぶたのやうに透き花なま臭しクローンのはな

横罫の紙つつましく使ひつつ昭和十八年杢太郎の画《か》きしさくらばな*

*『百花譜』

その年の春寒ければくらければ伝染病研究所の花は乏しき

十八年四月十二日のさくらばな　南溟に軍滅びつつある

オキシフルの匂ひするなり仰ぎ見るよるの桜はただただ白い

ああしづかな林のやうだ木の下に角を挑《かか》げて鹿ら円居す

サディズムは性中枢発達遅滞によると　葉ざくらになつてしまへばいいのだ

その在り処たちまち分からぬやうになり花の前線は海をゆくらし

山峡に咲ける桜をただ一目君に見せてば何をか思はむ　大伴池主

フラッシュをたけば銀粉舞ひ上がり氷室《ひむろ》神社の桜のしろがねが揺る

常照皇寺いまだわが見ぬさくらばな全天滲む春と思はむ

二十一

「元少年」といふ不可思議な日本語がひらひらとせり朝の新聞受《ポスト》に

取返しつかないことがないやうな少年法に青葉枯れゆく

日陰から日の差す方に歩みゆくカレ二十一　死者は十一

カレに祖母、宮崎勤に祖父ありき　カヤネズミに萱の巣があるやうに

鳩などを抱く戦《をのの》きとときめきを思ひしか小さな少女縊りて

蝶結びしてみせ、させてみたりして、倦むなかりけりわれにわが祖母

おろおろと「オレオレ」の声に騙さるる　蔑してならず愛の愚かを

おばあちゃんは綿のやうなるあいまいに受け容れて悪いこどもも大事

某日

馬鈴薯がむらさきの芽を噴くやうに鬱勃として言ふは古妻

お金を借りてひと月イタリアに行くと言ふ
独身でゐるやうな夫はざらつくよナヌと言ひざまお茶碗が飛ぶ

お茶碗が飛べば毀れて片々となりたる床に飯が湯気あぐ

勿体無いことしてと祖母なら言ふならむわたくしも言ふ梅がはらはら

誤たぬコントロールはお茶碗のつぎ皿が飛び妻を逸れゆく

＊

武具ふたつ両脇にしてちからある米噴き上がれ梅醤《うめびしほ》来よ

（字謎・粥）

告別

歌の友が亡くなつた、金沢へ。

苦しみのすでに残らぬ顔容の閑かさが実《げ》にいのちなき人

死ののちの髪膚《はつぷ》乾いてゆく死者をみづの凝《こご》りの白花《びやくげ》囲めり

君の孫の連れ合ひはアラブの人らしくムハンマド某と呼ばれ香《かう》灶く

副大臣からはじまれる弔電の披露に君のゆかりはわづか

死者なれば一般化して言ふものか〈やさしい母〉の遺影ほほゑむ

高杯《たかつき》に羽二重豆腐のることを視野の端《は》にして弔辞巻き終ふ

ごめんねごめんねと何をあやまりゐし人か死の一ヶ月まへの電話に

合掌のかたちに包み持ちて立つ氷《ひ》のごと冷ゆる菊の花首

花置くとかがめば見たり脱脂綿詰められし耳　友は死ににき

*

舌の根を吸ひ上げてする接吻を読みをり生命のくらき充溢

見にゆかむぼとぼと重き冬の鯉、腹すりて泥《ひぢ》けぶるところを

やはらかい濃い鉛筆で書く文字の曇天とふは薄目あく空

水《みづ》走《はい》

をとめごが互《かたみ》に片手あげて言ふ「さやうなら」水脈《みを》ひくごとく聞きたり

計算がダルイ私立の数学と聞こえて耳がふいにそばだつ

数式が長くてダルイ？　数学は遠方人《をちかたびと》のやうなりわれに

憧れて吾《あ》が引けざりしうつくしい補助線　うすいナイフのやうな

「いち、に、さん」次「たくさん」になる種族ある懐かしさ電脳の世に

カメリアと呼ばば驚き崑崙の黒落つるべし　ひい、ふう、たくさん

片耳にピアスのひかる青年が人力車ひき乗れと近づく

「水走《みづはい》」＊とよべばたつぷり水飼ひし駅馬《はゆま》は下《くだ》るとどろとどろに

＊東大阪市の地名

砂糖

だし喰ひのお砂糖喰ひの棒鱈がわが家一年分の砂糖を食ひき

ゑぐいほど鰹節《かつを》のだしは濃くとつて金のひかりの充つる大鍋

匙をもていくども加へ足す砂糖をとこの舌が「諾《だく》！」と鳴るまで

暮れのうちから男らが食ひはじめ三ヶ日けむりのやうに棒鱈

うまいもの食はせるだけの家婦となり火はどこかしら遠くで燃ゆる

山国

大和八木《やまとやぎ》発ちて幾刻行けど行けど山また山の隧道のなか

「片塩」は過ぎ「塩鶴」のバス停の塩の乏しき山国に入る

塩の道絶たれ天誅組を捨てたりし十津川郷の夕闇の濃き

泥どつと落ち来て左右《さう》を塗り籠めるやうなのに狭い空は残照

瑞《みづ》の大根《おほね》、橡の餅《もちひ》やくさびらの食《じき》貧しくてゆたかなる食《じき》

ゐのししと芋を争ひ荊棘《ばら》線を張りめぐらせり天に近い村

へんげ

ぴたぴたと聞こえをりしが障子には影うつるまづ耳が大きく

ぎやといふ叫《おら》びと共に立ち上がる大きな大きなくろい影ひとつ

ともしびの油を嘗《な》めて変化《へんげ》する猫によはひの別《べち》はありしか

恨むるといふ感情の吃水を越えば妖怪とならむ飼猫

猫股はまたべつならむ尾が割るるほどに古《ふ》りたる齢《よはひ》かなしく

うつくしい入江たか子も若盛り過ぎて化け猫になりてしまへり

壺などはもつとも怪し忘られてありしがつひに百鬼夜行す

齢をとることはさびしくいぶかしい

そのうちに百鬼夜行に入りゆかむ罅のいりたるみづ壺われは

貧《ひん》

何をして食べてゐるのか分からない叔父などがむかしどの家にもをりし

はらはらと散りし白梅《しらんめ》　貧《ひん》なりし祖父に自死せし先妻十九《じふく》

兵児《へこ》帯を褌にして泳ぐ貧　父は師範学校に入《はひ》る他なし

腰の位置高く少年ら行くみれば貧とは重心が低いといふこと

逼らるる貧とふものを知らざりしわが傲《おご》りたるＪＡＬ株が散る

家産ありしかも餓死する現代の貧こそ恐怖ほつかりと空《そら》

みづみづとしらうめのはな潤むがに咲いて二十一世紀食へぬ人ある

奈良公園周辺

制服の胸の宇宙を広げると丹田《たんでん》低くズボン穿く生徒《こ》ら

地下道にひとり手を打ち次々に打つ愉しさは笑ひさざめく

地下道に座りてギターひき唄ふ青春はかへらず還らざり、もう

切り株に陽が差してきてましづかに水氾濫す切り株の上

はじめからからからだ無きやうな糸蜻蛉かき消え氷室《ひむろ》神社の池の睡蓮

昼間からカップ酒のカラころがして枯れたる茨のやうな老いびと

大甕の口に鉄鎖《てっさ》をまき繋ぐ　古物商の軒傾きながら

荒縄に縛りし甕をよよよよと　上方落語荷《にな》ひ運べり

草の間に鹿が隠してゆきし仔のまづ眼をつぶし鴉らが食ふ

*

少年はあいまいにううと応じしのみむかうのホームに手を振る少女

Ⅳ

ひかりの飛沫

万象の稜確《かど》かなる冬の日を溶けたるやうにま鯉ら見えず

池の面《も》の一点に今し打ち当たりひかりの飛沫《しぶき》あげたのは風

羊歯の葉の水漬くみぎはに膚冷《はだへ》え動かずゐたり赤い鯉白い鯉

水中に漂ふやうにゐる鯉のまづ尾びれ振り居処《ゐど》を移せり

やはらかな曲線生《あ》れて鯉を追ふ鯉が尾鰭をひとつ打ちたり

生殖のこと知らざれど刃を入れてなほ跳ぬるとふかれらの力

この鯉はさつき膾《なます》にされた鯉まるい鱗の数だけの傷

＊

江戸の世のひかりがそこに残りゐる光琳屛風に鯉はをらずき

たいせつ

うまさうに煙草を吸つてこゑよりも息になるひとが電話のむかう

さうだねと後ろをむいて言ふらしい多分灰皿が見つからなくて

きみが見てゐるのは俺ではないと昔言ひし　啼いて飛ぶ鳥はわたしではない

さやうならは言はぬひと聞かぬわたし生きあはせたるこの世たまゆら

うつすらと口をひらいて死ぬならむ崑崙黒はそれを見に来よ

婚約

石工《いしく》らがいまもピエタを彫るらしきしゆんしゆん迅い雪が落ちくる

みづばうさう、やつたかと問ひ来《く》　聞き返す　三十過ぎし息子にぼろぼろの痘《いも》

草の芽も木の芽も固く憂《う》いやうな三十七の息子に婚約が成る

待ちくれしこのをとめごのやはらかさ喉《のみど》のしろさ白梅《はくばい》のやう

二十九を待たせて三十二になるを無口過ぎるとまだ不服らし

照れくさくさう言ふならむさうならむ雪の下には連翹のはな

ブランコからこの子を落し引きずりし中学生をふと思ひ出づ

言ふならば／少年は／制服の中の罎なれど／揺れやまぬみづ目に余るもの

北国《ほつこく》のしづかな人に隣りゐる中年前期の息子汚し

ふるくに

終日をみづを煽りて暮れてゆく胸鰭ばかりこのふるくにに

遠い記憶に

すれ違ひざまに乳房を摑まれき若ければ声も出せぬと思《も》ひしか

譲葉の木に鳥を呼ぶ黒き実は葉隠れにして仄と垂れたり

まつ黒な日傘をさせばついて来る服喪の人のやうなうすい影

息子達が帰省して来た

みどり児の指《および》のちから痛いほど胸乳《むなち》をつかみ膝にのぼり来

やはらかな頰《ほ》の感触を覚えおかむこの児の十歳《とを》を見ざるなるべし

沓

むつと来る粥のにほひと言ひながら痛いくらいな咳　電話のむかう

湯を注せば白粥となるかりそめのはつかの食《じき》に病みこもるひと

火をおこすやうなる咳に苦しめばカハラケツメイ、びはの葉のお茶

さながらに手囲ひをして火を守るこころぼそさにこゑを聴きゐつ

小説の中にさはさは白《しろ》百合を抱へて見舞ふ女客ある

＊

電話があつて人が来た、と言ふ

古靴を売れと君許《きみがり》来《こ》し者は「押し買ひ」といふものにあらずや

かかとが減つてゐるから買へぬ　笑止なる言ひ分ぞそも何ぞ古靴

「古靴」におぼつかなくも思ひ出づ「黒織部沓茶盌《くろおりべくつぢやわん》」といふ「沓」がある

古靴を口実として来《こ》し者の魂胆は何　書棚ばかりが

塩壺に塩さへあらばよきひとのきみいまの世を遣らふ　遣らはる

髑髏《されかうべ》

ポリエチレン袋の持ち手伸びのびて切れさうな重さきみは運べり

マーシャルの『経済学原理』に逅ひたりとよろこぶひとは風になる午後

雑本の棚にまぎれてマーシャルが百円だといふこの国の今

私はマーシャルをしらないけれど

野晒しに近き書物と思ふとき蔑されてゐる学にあらぬか

野晒しはまた髑髏《されかうべ》わたくしにわからぬ学の大き頭骨《とうこつ》

四巻本《よんくわんぼん》容れて膨らみ白木蓮《マグノリア》ひらくやうなるポリの袋よ

*

そのひとの内懐《うちぶところ》に入《い》るやうな書斎はうすい墨の香がする

くつべら

「短歌研究」短歌季評の日に

「くちびるはくつべら」小池光氏に不可思議の言《げん》ありて夏の日

セルロイド製靴箆の彎曲の妙《めう》感じをり踵《くびす》あたりに

くつべらは靴箆ならずくちびるがくつべら　むむむ夏雲わらふ

口細くひらきて言ふに「くちびる」が「くつべら」になる東北の人

地方語のああ温とくて小池氏の笑み割れてゆく唇羞《くつべら》し

このことも、教へられる

日本語の標準語にはない音素あるとふ東北のことば尊し

服はぬ蝦夷《えみし》とは何　阿弖流為《アテルイ》が否と叫《おら》びしあがぎくつべら

みぞれ降り傷ひらくがにをみなごのくつべらひらき「あめゆぢゆ」と漏る

上方《かみがた》のをんなのわれを恥ぢしめてまつたりと深《ふか》う奥羽のことば

一民族一日本語の夢夢《ぼうぼう》とやまとの月は三輪山に照る

濁音のゆたかな力ごろんごろんぼうぼう　森岡さんに山鳩が啼く

腰《えう》痛《つう》

止みてまた起るこのごろ腰痛《えうつう》に悩めるひとがこゝろに歎き来《く》

腰痛にひすがら臥して暇《いとま》あるきみが傍への劇画数冊《さいとうたかを》

わたしなら夢枕貘　「葉二《はふたつ》」がひりひりりやうと怪《け》のものを招《よ》ぶ

思ひ死にしたる聖《ひじり》が鬼となる然《さ》もあらむさもあらむ真椿

梅安《ばいあん》に教はりしやうに冬大根《ふゆだいこ》きみが煮る日か雪催ひなる

ま椿の照り葉のうへに水雪はうすき油を流すごと降る

ふりてすぐ消えて葉裏にすがりゐる空蟬を濡らすこともなかりき

＊

オリーブの枝を銜へて金色《こんじき》の鳩降りて来てひとは火点《とも》す

両切りのピースのつよいニコチンはあなたの若さだつた　髪も強《こは》かりき

ちよつと火を拝借と菅野省三に近づきしその若者が死ぬ

V

不安

人波に見え隠れするハンチング捉へしと思ふ　ふつとかき消ゆ

改札口に二時間待つても来ぬひとに何が起りしか膝が冷たい

風花が飛ぶ昼過ぎをぞわぞわと喉元までも上がる不安が

*

不安なるわれは愚かに留守電のこゑ消さざりき三日二夜《ふたよ》を

山鳩よほうほと鳴いてねむりゐるひとを醒ますな一夜《いちや》明けたり

点滴の液はしづかに落ちてゐむよく睡るべしたいせつのひと

中黒

宿を貸し飯を食はすは一続き中黒《なかぐろ》はないときみに教はる

アウトロー淋しき人にうつしよの一宿一飯は管《くだ》のごときか

一日を凌ぎつないで次の日のある吊橋は揺れるものなり

おほははの指のかたちの見えてゐし握り飯そのうましきひかり

白梅《はくばい》の咲き初《ひら》むるをきさらぎのけふ再びの雪が凍らす

死ににゆく鯉名《こひな》の銀平《ぎんぺい》　言はざりしことばはさながらに胸に滴る

良いことの何にもなくて死ぬやうなむかしの人のなかのわが祖母

今し今ゼブラゾーンにすれ違ふ無職渡世の人の煙《けむ》の香

黄あやめ

南京虐殺ありしとぞまた無かりしと聞く不可思議に黄あやめが咲く

歴史修正主義とふ不思議アウシュヴィッツのおびただしき骨が忽然と消ゆ

文書がある　文書がない　あつたけれど燃やしてしまつた油の臭ひ

虐殺はなかりしといふひとりなりきみさへ雨に肩を濡らして

ひとつ傘差してゆくのは思想にはあらずといへど　あらずといへど

ディアスポラ知り絶滅を知る民がパレスチナびと逐ふといふこと

＊

皮手袋して革長靴《ブーツ》はくときを　全能感と革の関係

たまゆら

氷片の頰《ほ》に触るるごときこの昼の青漲れる空は割れさう

駒形のどぜう食うぶと向き合へり退院をせしひとと来たりて

「うまいだらう」繰り返しうまいうまいを押しつけるこのひとの強気も元通りなり

氷《ひ》のうへの鯉の洗ひをうつくしみ言ふたまゆらのこゑが重なる

皿小鉢ひとつに使ひさびしさはこゑ豊かなるひとと束《つか》の間《ま》

肩先に寒気《かんき》集まり引き下ろす瞼のやうな冬の暮れ方《かた》

東洋の寡黙を形《かたち》にするやうな重い硯石きみが買ひ呉る

肩触れてゼブラゾーンを渡りゆく空は関東の素通しの空

ちやらい

あなたが　また何事か怒《いか》るのは椎の葉叢がざわざわと鳴る

全集三種二万で売つて夏草のしどろなる階すこし透くらし

日本語は噫《ああ》くらげ如《な》すただよへり「ちやらい」とふ語を岩波が採る

ちやらちやらした船《せん》場《ば》の坊《ぼん》の啓《けい》ぼんも驚くならむ『広辞苑』第七版

ちやらちやらとちやらいさん、い、まと言ふ時の、オマージュぞこれ　才ある人に

新潮も岩波も絶版にしてしまひし『伊東静雄詩集』　にほんが滅ぶ

足弱くなるそのひとと銀座まで〈タキシを傭ふ荷風散人〉

かりがね

鼻濁音ひびく雁《かりがね》　濹東《ぼくとう》の空わたりゐし頃の往還

ロシア語をきみが覚えたニコライ堂見むと来て棕櫚の葉が風に鳴る

このひとがこのひとをつくつてゐたころを知らぬなり寂し　風がさうさう

何をしてゐたりし我かひしひしとステンレスの匙磨くなどして

昨夜《きぞ》きみが読みくれましし独逸語の近代の男《を》のこゝろの重たさ

歳月は髪膚《はっぷ》傷めて過ぎゆけり取返しつく何もなきなり

たばぬればほんの一束《ひとつか》　子の髪を人参の尾と詠ひしふみ子

一束はまたひとつ冢《つか》死ぬ日にも小さき髻を祖母は築《つ》きゐき

雨《う》夜《や》

陽のかけら楢の葉むらにしらしらと弾けていまだ暑き秋日《しうじつ》

かうもりをステッキにするきみと来て行人坂《ぎやうにんざか》は膝にこたえる

なかんづく下りの坂に踏み出《い》だすとき膝頭、こきと鳴るなり

階下りゆきてしづかな空間にお通しは蓮《はす》、マヨネーズ和へ

酒少し入《い》りたるひとの手が温し抜けきれざりし風邪も癒ゆべし

白い椿あかい椿と落ちて死ぬ長生きをしろと唐突に言ふ

三階の踊り場にある水溜《みだま》りに雨に吹かれて来《こ》し葉が浮けり

やはらかき影を添はせて思ひをり雨夜《うや》灯のもとに読みこもるひと

愛蔵の硯いくつか手離すとおのづからなる齢《よはひ》さぶしも

正倉院宝庫に舶載品の墨十五挺あるこの世　嘉さむ

VI

みづ、羽村堰まで

羽村堰見むと冬の日多摩川が玉川上水となるところまで

道なりに降《くだ》らむ鎌倉街道の坂の上《へ》馬の水飲み場跡

恋ほしめばここに溢れて湧き水の真清水ありき馬を憩はせ

湯気のたつ膚光《はだへ》らせ荷車をひきたる馬の寄りにけむ水

多摩川の砂利を運びて文明に役立ちしのち消えし馬らよ

馬とめて馬に水飼ふ人ありし時世《ときよ》なつかしまさびしきまで

雨水か浅く溜りて濁るみづあれば乱るる鳥の羽浮く

堰を越え取水口過ぎどどどどと奔るひかりの切つ先が落つ

上水のみづを介して東京に三日虎列刺《ころり》の広がりしこと

ゐのころのひとむら枯れてグラシン紙鳴らすやうなる風がたちたり

奈良依水園

関東のはきはき荒い空気から帰り来たりぬみぞれゆき降る

抑揚のおほき中国の言葉洩れほいらいと呼ぶ若き唇

佇めば四方八方みづ音のせうせうとして奈良依水園

雪白の麩の屑流れ泡流れ鯉はおぼろに浮き上がりくる

泥吸つて吐いて泥喰つて太る鯉　沈砂池といふ夢の中みち

雨降りし日のその夜に産卵をするとふコイ科ワタカ恋ほしき

たつぷりとぬくいあまみづ踏みしめて胸びれ立ててきみを産むべし

翳り合ふ生きもの鯉は　水中に交差するとき少し死ぬらし

エクソダス

七月十六日、台風接近により、
紀伊勝浦での短歌大会は中止になつた。

渡し船待つまのロビー折をりを金属的な風の音する

遠景は早も濁れる乳のいろ時折くろく流れるは鳥

まなかひは見る間に白しこの世界覆ひて水の粒子あること

うみ波と雨雲が押し圧《お》し狭める視界の中を来る渡し船

夜のまに流されてこし木を蹂《し》躪《だ》きいたぶりにつつ放たざる波

枕木を濡らして朝を降る雨が列車を停めるまでに荒れ来つ

海いちめん灰白色に泡立つを走る波かへる波ただに沸きたつ

午後一時三分最後の「くろしお」と聞けばエクソダス計るごとしも

焼身

7月2日「ひかり」で上京

雲か霧か分かず動けるモノクロの空間は雨過ぎたるあとか

6月30日の「のぞみ」では事件が

焼身のいくばくか前、女《ひと》に金やらむとしたるさびしさ無限

男には「たばこ要らぬか」「いや要らぬ」手を振りにけむ雨の葉のごと

たたみこも隔て来《こ》し世がなつかしき七十二歳ならむ　世とは人のこと

われを見よわれを視線に慰撫せよと言はねどしばしうろつきし人

居ない者のやうにゐるのが老いびとの、なかんづく貧《ひん》は蔑されやすし

「ありがたう」ともし貰つたら死ななかつたか彼の孤独は宥められしか

どのやうな弁疏もできぬ行動の、しかし燃えつつ「逃げろ」と言ひき

ひつかかりこの世にあつて死ねざりし　昔ならそんなふうに還り来

荻の葉の往古《むかし》さやぎし西荻に家賃四万のすまゐせし人

私の家賃も四万だつた

東京の果ての団地にわが居りて聞きし孤独死見しゴミの部屋

えごの花しらしらこぼれまた零れ年金は少しづつ減らさる

泥《ひぢ》を踏む

いただきし西洋梨《ラ・フランス》をかをらせて富貴のごとし風邪に侘ぶさへ

口紅を濃くと励まし言ひくるるひともをざかりを疾うに過ぎつつ

こぼれさうなみづの器のわたくしが振り向けばゐる　梅が咲いたら

大学の池のおもては風のむた吹き寄せられて薄氷《うすらひ》うごく

雨《あま》あとの泥《ひぢ》を踏みゆく危ふさに病後のひとと逢へばかざはな

通過する「あづさ」になぶらせ来《こ》し髪が冷たい　霜の草葉のやうだ

大学林に葉擦れの音が降る午後も早瀬のごとしこの時の往《ゆき》

「冬の旅《ヴィンターライゼ》」聴きつつきみがこゑ合はすこのひとときの時よ止《とど》まれ

虫喰ひ

乱暴に受話器置かれつわたくしに時間をと乞ふ声の半ばに

えんぴつの影しら紙にうつるさへさびしゐひとを遠くして書く

ほしいままきみが盗みて虫喰ひの時間の狭間われは苦しむ

ほしいまま盗ませゐしはわたしなり　遅く逅ひたるひとのこゑはや

垂直に輝き落ちし時の束　棒に振るべき人生ならむ

神保町雨激しくて足首を濡らして渡る朝川ここは

*

わたくしを濡らしてすぎし草の雨くさはらを分け遠く過ぎにき

確定申告のころ

草の実のミヅヒキの実のミリ程の収入集めをりき果無《はかな》く

「びた銭をかき集めきみは暮らすのか」あなたさへ危惧せられしむかし

収入と所得が違ふことなども若かりしわが知らざりしこと

計算に倦めば恋ほしも憂きことの何もなきがににほふ大樟

春疾風鋭き昼を出しにゆく簡易書留　葉の鳴る道を

＊

吐く息がもうくれなゐになる頃か日本の赤の藪椿見む

ね　む　る

言はずとも分かつてゐるといふひとにどんなわたしが見えてゐるのか

留守電に声入れむとし後ずさるごとき感情の数秒ありぬ

「さうかい」と言ふ抑揚の或る時はあなたは誰よりも遠くゐるひと

髭少し伸びたるままに来《こ》しひとのまつ黒な疲労椅子をきします

居眠つて乗りすごししとカフェ・オ・レのカップをとればねむる数分

すぐ睡つてしまふのは老いか渦巻のひき込むやうに老いは襲ふか

*

異教徒の処女なら頒ち合へといふモーゼを読みぬ動悸しながら

「受難曲」眠りたまへとうたへれど血は滴れり声ごゑの間を

等価

どこに行つたかと思つたと不意に「おい」と呼ぶひとに瞬間にさびしさが来る

ユマニチュードなる術語さへわが胸に影置くごとき風の日がある

縒るやうな時間がきみにあるらしいうつつのわれが夢に出入りす

からやまき　あすひ　ほほのき　きそひのき　さびしいひとの夢に馨らす

茫漠としたる不安に耐へてゐしあなただつたか真夜の電話は

ブラウシュバルツのインクをときみが言ふからに銀座伊東屋までの春雪《しゅんせつ》

等価なり夢もうつつも逢ふことも逢はざることもほほゑみに似る

「地下通路は抽象的な空間であるから迷ふ」　然り、了解

ハンカチをきれいに畳んで仕舞ふやうに畳みおくべし不安は胸に

Ⅶ

冠状病毒

イタリアがひどいと聞けば幻の〈アダージェット〉が低く響くも

ヴェネチアを鎖《とざ》すニュースはどこよりも熟して落ちる死のにほひする

クラスターつて果物の房をも言ふらしい熟れたぶだうの汁が飛び散る

いつ終るいつか終るか答なき問《とひ》が川幅のやうに広がる

襞ひろげ顎までマスクに覆ひつつ俯きがちに通勤をして

何とわたしは小さい者か咳き込める上司に眉根動いたりする

市中に無いマスク、ネットで買へるとぞいへどネットの外の老いびと

耳印

カフェ楡の扉《ドア》のチャイムが耳印　白杖《はくぢやう》の人に音の地図ある

コロナ禍に人少ななる街なかに失はれたる耳印はや

人気《ひとけ》なきゼブラゾーンに躊躇して一歩の杖を踏み出せぬ人

白杖が地面を敲《たた》く　古《ふる》つ日の椿の杖は邪《じゃ》を鎮めけり

ま椿のほとゝと落ちなば白杖は半弧を描《か》かむ音の回《めぐ》りに

感染者少なくなりてカフェ楡の出で入りに響《な》る音が戻り来

遠いひと

入院をすれば家族の手の中の光年よりも遠いこひびと

開封のまま、ナースに預けるてがみ
穿山甲《せんざんかふ》みたいに鎧ひゐしこころ溢れむとして、ペンを置きたり

三月の窓のひかりに仰臥して短いてがみ読むらむひとよ

*

介護ホームへの退院だつた

介護ホームの部屋にデスクのなかりしこと目癈《めし》ひたるやうにきみは思はむに

爪切りを持ち訪ねゆく数回も断たれたり子息らの意志らし

押し戻し強く望まむ蔑されて蚕《こ》のごと白む唇をもて

なまへさへ忘れ果てなむ日が来るか　俄羅斯《オロス》の文字をたどり読むひと

＊

今日の空は蒼いねぇとふ留守電のこゑを幾度も取り出して聴く

とことはにまたあたらしくきみを恋ふ老いて病んでも尖塔だから

＊

夕べから細かい雨が降つてゐてはじめから過去だつたやうな気がする

記憶しておくために

南下せむ露西亜を怖れ李《リ》氏に手を入れてゆきたる明治びとあはれ

ストーカーのやうなロシアの遣り口の　いやだつて言ふのに、放してほしいのに

タタールの軛といづれ　弟と称《よ》ばれ搾木にかけられて来《こ》し

地下墓場《カタコンベ》になるかも知れぬ製鉄所《シェルター》に白燐弾か炎《も》える雪降る

ＮＡＴＯ拡大を非難するが

黄昏といふといへども大国のロシアが何ぞ影に脅ゆる

ラスプーチンもかくやとおもふ　映像に十字を切れる魁偉なる人

移動式火葬炉などといふものがこの世にありてブチャに現る

砲撃されしクレーターには泥水が溜まれりトイレに使ふとぞ言ふ

戦争を日常にしてひるむなき生活あれど　何と言ふべき

傷負ひて担架にのれる少年がVサインすると見えて消えゆく

報道

避難警報《けいほう》の鳴るたび別れのあいさつを　病んでシェルターへ動けぬ老母と

チェルニヒウ死体だらけの道をゆく　ラスク四枚友へ届けに

助けてと言はれたがすでにからだは燃えてゐた　瓦礫のなかに生きてゐた人

バルコニー吹き飛ばされて菩提樹は半分になる何かちぎれ飛ぶ　何か

マットレスまで強奪し持ち出ししタタール系かチェチェンの兵か

*

大震災ありし日本が頼らるる瓦礫の処分とふ戦後処理

草の雨

不可能な夢のやうにも牡丹《ぼうたん》が咲いてわたしを腐《くた》す雨降る

もう長く、否《いな》とことはに逢へざらむひとよ　子息らに憎まれてゐて

ふと消えてしまひしひとと思はむに踏めばにじんでくる草の雨

手がこひに煙草火つける仕ぐさなど百年まへのやう　目に見ゆ

薬包紙赤かりし不意に胸に来て　二十八で死にし父を覚えず

たつた二歳だつたのよお父さま　老婆になつたわたし　しろ瓜

「命名書」父が書きたる墨色の掠れしところ風が渡れり

そのひとに父を見てゐし歳月か　否《いな》いな初瀬《はつせ》の牡丹酣《たけなは》

倶舎《くしや》の頌《じゆ》を唱へて歩《あり》く若法師ゐたるあたりか白きぼうたん

お砂糖はふたつでしたね　死者ばかり出てくる夢を見て生きてます

横断歩道の対岸に立つきみが見えああ風草のやうに戦ぐわたしが

Ⅷ

二〇二〇年七月十日

夕

葉擦れする音して届くＦＡＸの死にてはならぬ人の死を告ぐ

細かなる震へが起る紛ふなき夫人の文字を指に追ひつつ

夜

生きませるごとく仄かにほほゑみています先生に別れは言はず

読むためのめがねを掛けて先生は先生のまま　亡骸《なきがら》ならず

先生が愛でましにけむ黒髪の夫人の髪に混る白髪

いたはりの言葉互みに交し合ひゐましならむあかときまでを

岡井先生のご逝去を、私は七月十日の夕方、夫人からのＦＡＸで知りました。お昼頃に亡くなられたとの知らせでしたが、話しかけると少し笑顔を見せてくれます、と書いておられ、動顚していた私には、一度意識を失くされた先生が蘇生されたようにも思えました。有りえないことだったのですが。

大腿骨骨折のため入院されたとのお電話が来たのが四月二十日。その後は新型コロナウイルスの感染防止のため、面会も出来ない日々が続き、先生が元気になられるためにも帰宅された方がよいと夫人が考えられ、退院していただく決心をされました。本も片づけ、車椅子の用意もされ、万全のご自宅に帰って来られて、先生が過ごされたのはまる三日間だったということです。

お二人だけの大切な時間のお邪魔をするべきではないと思いましたが、お別れをさせていただきたく、お許しを得て、夜、さいとうなおこさんと二人でお訪ねしました。先生は公私を峻別しておられましたから、むろん、お訪ねするのは初めてです。

涼しそうな夏の背広に、きちんとネクタイを締めて、先生は仰臥しておられました。眼鏡を掛けておられ、口元には夫人が書かれた通り微笑がありました。亡くなる前の日の夜も、ずっとお二人で話しておられたそうです。亡くなる時も、夫人を見ておられたのです。

恵里子さんは、私達がお別れしている間、ずっと先生の手を摩っておられました。白い滑らかな、書斎の人の手です。ああこの人がいらして、先生は歌がつくれたのだ、と私は全身で了解する思いがしました。

私はと言えば、怨み言を申し上げました。選歌欄の皆で待っていたのに、なぜ還って来てくださらなかったのか、と。先生は黙って笑っておられます。

一《いち》　葉《えふ》

「偲ぶ会」用の数葉借りに来て先生に逢ふ素《す》の先生に

これは、プライベート。読書中。

仰臥してベッドに足を組みて読む和服の裾が　見てはならない

乱れたる裾を零るるしろたへは暮しの気配　見てはならない

恵里子夫人だから写せた一葉の岡井隆の無心、安心

菱の実の棘を分けゆく水鳥の深々と書にもぐりいましき

数冊を読みわたりつつ架けられてゆく橋梁の就眠読書

謦咳に触れてをりたる歳月は恩寵ならむすでに過ぎゆく

いくたびか叛きまつりし記憶さへ一生《ひとよ》の燦《さん》と抱きゆくべし

菲才ゆゑ畏れて近づけざりしこと　腑甲斐なかりし　悔いて詮なし

所属結社「未来」では、先達を先生とよばないことになっています。しかし私には他によびようはなく、そのままにしました。

あとがき

『草の譜』は『貴妃の脂』、『クウェート』に続く私の第三歌集になります。思うところがあって、長く歌集を出すことができませんでした。けれども、晩年というべき年齢になり、もう縛《ばく》を解いてもいいかと思えるようになりました。作品は、同人誌「鱧と水仙」、各短歌総合誌、うた新聞、朝日新聞、「文藝春秋」、結社誌「弦」に発表したものに、所属結社誌「未来」の歌を少し加えています。「未来」からは殆ど採りませんでした。同人誌では、思うさま遊んでもいます。

長く歌集を出さない間にアンソロジーに参加する機会があり、〈歌集以後〉として発表した作品も単行歌集に入れておきたく、『草の譜』に収めました。

早く歌集を出すようにとくり返し励ましてくださった岡井隆先生、小高賢さん、亡くなられたあとに出すようなことになり、慙愧に堪えません。先生への挽歌で歌集を閉じることになるとは思いもかけないことでした。これもかたくなな私への罰なのかも知れません。

ご多忙の小池光氏に帯文をいただくことが出来、嬉しく有難く、御礼申し上げます。

装本の倉本修氏には第一歌集でもお世話になりました。砂子屋書房は美しい本を造ってくださることで定評があります。私のさびしい歌が、美しい本の中に静かな安住の場所を見つけますように。

二〇二三年十一月

黒木三千代

歌集　草の譜

二〇二四年一月二一日初版発行

著　者　黒木三千代

発行者　田村雅之

発行所　砂子屋書房
東京都千代田区内神田三―四―七（〒一〇一―〇〇四七）
電話　〇三―三二五六―四七〇八　振替　〇〇一三〇―二―九七六三一
URL　http://www.sunagoya.com

組　版　はあどわあく

印　刷　長野印刷商工株式会社

製　本　渋谷文泉閣